UN COMBAT ET AUTRES RÉCITS

Patrick Süskind, né en 1949 à Ambach, en Bavière, vit à Munich et à Paris, et exerce le métier de scénariste. Il est l'auteur du roman *Le Parfum, histoire d'un meurtrier*, best-seller mondial, du récit *Le Pigeon* et d'un conte, illustré par Sempé, *L'Histoire de Monsieur Sommer*. Sa pièce de théâtre, *La Contrebasse*, tient l'affiche en Allemagne depuis des années. En France, jouée par Jacques Villeret, elle a reçu un accueil triomphal.

PATRICK SÜSKIND

Un combat
et autres récits

TRADUIT DE L'ALLEMAND PAR BERNARD LORTHOLARY

FAYARD

Titre original :

DREI GESCHICHTEN

édité par Diogenes Verlag AG Zürich.

L'EXIGENCE
DE PROFONDEUR

Une jeune femme de Stuttgart, bonne dessinatrice, s'entendit déclarer, à sa première exposition, par un critique qui ne songeait pas à mal et voulait favoriser sa carrière : « Ce que vous faites là est intéressant et plein de talent, mais vous manquez encore un peu de profondeur. »

La jeune femme ne comprit pas ce que le critique voulait dire et elle eut tôt fait d'oublier sa remarque. Mais le surlendemain paraissait dans le journal un compte rendu signé du même critique où l'on pouvait lire : « Cette jeune artiste est extrêmement douée et ses œuvres séduisent dès le premier coup d'œil, mais on est tout de même obligé de constater qu'il leur manque une certaine profondeur. »

Pour le coup, la jeune femme se mit à réfléchir. Elle regarda ses dessins et fouilla dans de vieux cartons. Elle regarda tous ses dessins, y compris ceux auxquels elle était en train de travailler. Puis elle revissa les couvercles de ses encriers, essuya ses plumes et sortit se promener.

Le soir même, elle était invitée. Les gens semblaient avoir appris par cœur l'article du critique et ne cessaient d'évoquer son talent, et puis la séduction qui émanait de ses dessins dès le premier coup d'œil. Mais en bruit de fond, et dans la bouche de ceux qui lui tournaient le dos, la jeune femme entendait, si elle prêtait l'oreille : « La profondeur, voilà ce qui lui manque. C'est le hic. Elle n'est pas mauvaise, mais elle n'a malheureusement aucune profondeur. »

Toute la semaine suivante, la jeune femme ne toucha pas un dessin. Elle resta cloîtrée chez elle, ruminant en silence et n'ayant en tête que cette seule pensée qui, telle une pieuvre des profondeurs, enserrait et engloutissait toute autre pensée : « Pourquoi n'ai-je pas de profondeur ? »

La deuxième semaine, cette femme tenta de se remettre à dessiner, mais elle en restait à des esquisses malhabiles. Parfois, elle n'arrivait même pas à tracer un trait. À la fin, elle tremblait tellement qu'elle ne pouvait même plus plonger la plume dans l'encrier. Alors elle se mettait à pleurer et s'écriait : « Oui, c'est vrai, je n'ai pas de profondeur ! »

La troisième semaine, elle commença à regarder des livres d'art, à étudier des œuvres d'autres dessinateurs, à faire les galeries et les musées. Elle lut des ouvrages d'esthétique. Elle se rendit dans une librairie et demanda au vendeur le livre le plus profond qu'il eût en magasin. Elle ressortit avec un ouvrage d'un certain Wittgenstein, qu'elle ne sut par quel bout prendre.

Au musée municipal, visitant l'exposition « Cinq siècles de dessins européens », elle se joignit à des lycéens que guidait un professeur d'arts plastiques. Soudain, devant un dessin de Léonard de Vinci, elle sortit du rang et demanda : « Excusez-moi, mais… Pouvez-vous me dire si ce dessin a de la profondeur ? » Le professeur d'arts plastiques eut un sourire crispé et lui dit : « Si vous prétendez me mettre en boîte, il faudra vous lever un peu plus tôt, madame ! » Et toute la classe partit d'un grand rire. Mais la jeune femme rentra chez elle et pleura à chaudes larmes.

Dès lors, cette jeune femme devint de plus en plus bizarre. Elle ne quitta plus guère son atelier, sans pouvoir pourtant y travailler. Elle prenait des cachets pour se tenir éveillée, sans savoir pourquoi il fallait rester éveillée. Et lorsqu'elle était fatiguée, elle dormait dans son fauteuil, car elle avait peur de se mettre au lit, angoissée qu'elle était par la profondeur du sommeil. Elle se mit aussi à boire, laissant la lumière allumée toute la nuit. Elle ne dessinait plus. Lorsqu'un marchand de

Berlin lui téléphona pour lui demander quelques dessins, elle hurla au téléphone : « Laissez-moi tranquille ! Je n'ai pas de profondeur ! » Parfois, elle pétrissait de la pâte à modeler, mais rien de précis. Elle se contentait d'y enfoncer le bout des doigts, ou d'en faire des boulettes informes. Son apparence extérieure se détériorait. Elle ne se souciait plus de ses vêtements et laissait tout aller à vau-l'eau dans son appartement.

Ses amis se faisaient du souci. Ils disaient : « Il faut s'occuper d'elle, elle traverse une crise. Ou bien cette crise est d'ordre existentiel, ou bien elle est d'ordre esthétique, ou c'est une crise financière. Dans le premier cas, on ne peut rien faire ; dans le deuxième cas, il faut qu'elle s'en sorte elle-même ; et dans le troisième cas, nous pourrions organiser pour elle une collecte, mais elle risquerait de trouver ça gênant. » On se contentait donc de l'inviter, à dîner ou à des soirées. Elle refusait toujours, disant qu'elle devait travailler. Mais elle ne travaillait jamais, elle ne faisait que rester enfermée chez elle à regarder dans le vague et à pétrir de la pâte à modeler.

Un jour, elle désespéra tellement d'elle-même qu'elle accepta tout de même une invitation. Un jeune homme à qui elle plut voulut ensuite la raccompagner pour coucher avec elle. Elle lui dit qu'elle n'y voyait pas d'objection, parce qu'il lui plaisait également, mais qu'il fallait bien qu'il sache qu'elle n'avait aucune profondeur. Sur quoi le jeune homme prit ses distances.

Cette jeune femme qui avait été une si bonne dessinatrice sombra dès lors à vue d'œil. Elle ne sortait plus, ne recevait personne, l'immobilité la fit grossir, l'alcool et les cachets la vieillirent prématurément. Son appartement se mit à sentir le moisi, et elle à sentir l'aigre.

Elle avait fait un héritage de trente mille marks. Elle en vécut pendant trois ans. À un certain moment, pendant cette période, elle fit un voyage à Naples, nul ne sait dans quelles circonstances. Lorsqu'on lui adressait la parole, elle ne répondait que par des bredouillements incompréhensibles.

Quand l'argent fut dépensé, cette femme transperça et déchira tous ses dessins, prit l'autobus jusqu'à la tour de la télévision et sauta de son sommet dans un vide qui mesure cent trente-neuf mètres de profondeur. Or, comme il soufflait ce jour-là un grand vent, elle n'alla pas s'écraser sur l'esplanade goudronnée qui se trouve au pied de la tour, elle fut déportée au-dessus d'un champ d'avoine jusqu'à la lisière de la forêt, où elle tomba dans les sapins. Elle n'en fut pas moins tuée sur le coup.

La presse à sensation s'empara de l'affaire comme d'une aubaine. Le suicide en lui-même, cette chute à la trajectoire intéressante, le fait qu'il s'agissait d'une artiste autrefois prometteuse, qui de surcroît avait été jolie : on tenait là une information de premier ordre. L'état de l'appartement se révéla si désastreux qu'on put prendre des photos pittoresques : des centaines de bouteilles vides, partout des signes de délabrement, des œuvres en lambeaux, des boulettes de pâte à modeler collées aux murs, et même des excréments dans les coins ! On prit le risque de consacrer à l'événement un deuxième gros titre, et puis encore un article en page trois.

Dans la rubrique littéraire et artistique, le critique évoqué en commençant y alla d'une notice où il s'avouait atterré par la fin atroce à laquelle n'avait pu échapper cette jeune femme. « Pour ceux qui restent, écrivait-il, c'est à chaque fois une expérience bouleversante que le spectacle d'un jeune talent qui ne trouve pas l'énergie nécessaire pour s'imposer dans ce milieu. Aides publiques et initiatives privées sont loin de suffire, alors qu'il s'agirait au premier chef d'offrir une sollicitude humaine et un "suivi" intelligent dans le secteur artistique. Toutefois, c'est en fin de compte dans la personnalité même que semble s'être trouvé le germe de cette fin tragique. Car les premières productions de cette artiste n'exprimaient-elles pas déjà, dans leur apparente naïveté, cet effrayant déchirement — manifeste au simple niveau de l'intrépide mélange de techniques qu'imposait le message —, cette agressivité monomaniaque dirigée contre soi, cette révolte rentrée en elle-même et y forant obstinément en spirale, cette révolte au plus haut point chargée d'affect et manifestement vouée à l'échec, cette révolte de la créature contre son propre Soi ? Cette fatale, cette — disons-le — implacable exigence de profondeur ? »

UN COMBAT

UN COMBAT

Lors d'un début de soirée, au mois d'août, tandis que la plupart des gens avaient déjà quitté le Jardin du Luxembourg, deux hommes étaient encore assis face à face devant un échiquier, dans le pavillon de l'allée qui se trouve au nord-ouest, et leur partie était suivie par une bonne douzaine de spectateurs avec une attention si passionnée que, bien qu'on fût déjà près de l'heure de l'apéritif, l'idée ne serait venue à personne de quitter la scène avant de connaître l'issue du combat.

L'intérêt de ce petit attroupement se portait sur le challenger, homme assez jeune, aux cheveux noirs, au visage pâle et aux yeux bruns blasés. Il ne disait mot, restait impassible et se contentait de faire rouler de temps à autre entre ses doigts une cigarette qu'il n'allumait pas : en un mot, la désinvolture en personne. Nul ne connaissait cet homme, personne ne l'avait jamais vu jouer. Cependant, dès l'instant où il avait pris place devant l'échiquier pour ranger ses pièces, blasé, pâle et muet, il avait émané de lui un effet si puissant que tous ceux qui le regardaient eurent soudain la certitude inébranlable qu'on avait affaire à une personnalité tout à fait hors du commun, immensément douée, géniale. Peut-être était-ce seulement l'allure séduisante et en même temps lointaine de ce jeune homme, sa mise élégante, son physique avantageux ; peut-être étaient-ce le calme et la sûreté qu'avaient ses gestes ; peut-être était-ce l'aura d'étrangeté et d'originalité qui l'entourait : en tout cas l'assistance, avant même que le premier pion ne fût avancé, se vit déjà fermement convaincue que cet homme était un joueur d'échecs de premier ordre, qui allait accomplir un miracle que tous en secret appelaient de leurs vœux et qui consisterait à battre le champion local.

Celui-ci, un petit bonhomme passablement vilain d'environ soixante-dix ans, était en tous points le contraire même de son juvénile adversaire. Il arborait la tenue du retraité français — pantalon bleu et gilet de laine maculés de traces de nourriture —, il avait des taches de vieillesse sur ses mains tremblantes, le cheveu rare, le nez rouge et des veines violacées sur la figure. Il était dépourvu de toute aura et, de surcroît, il n'était pas rasé. Tirant de son mégot de petites bouffées inquiètes, il bougeait nerveusement son postérieur sur sa chaise de jardin et ne cessait de branler gravement de la tête. Tous ceux qui faisaient cercle le connaissaient fort bien. Tous, ils avaient déjà joué contre lui, et toujours ils avaient perdu, car quoiqu'il n'eût rien d'un génial joueur d'échecs, il possédait pourtant une qualité qui, pour ses adversaires, était éreintante, exaspérante et proprement odieuse : celle de ne point commettre d'erreurs. Avec lui, il ne fallait pas compter qu'il vous fît la grâce de relâcher un seul instant son attention. On devait, pour le vaincre, jouer effectivement mieux que lui. Or, ces gens le sentaient, c'est ce qui allait arriver ce soir même : un nouveau maître avait surgi, qui battrait le vieux matador à plate couture, c'était même peu dire, il allait le terrasser, l'écraser coup après coup, lui faire mordre la poussière et connaître enfin le goût amer de la défaite. Voilà qui vengerait plus d'une défaite personnelle.

« Prends garde à toi, Jean ! s'exclamaient-ils encore pendant les coups d'ouverture. Cette fois, tu risques ta peau ! Contre celui-là, tu ne fais pas le poids, Jean ! Waterloo, Jean, attention ! Ça va être le soir de Waterloo !

— Eh bien, eh bien... » répondit le

vieux en branlant de la tête et en poussant d'une main hésitante son pion blanc.

Dès que ce fut le tour de l'inconnu, qui avait les noirs, le cercle fit silence. Lui, personne n'aurait osé lui adresser la parole. On observait avec une attention timide sa façon d'être assis devant l'échiquier sans jamais détourner de ses pièces son regard souverain, de faire rouler entre ses doigts la cigarette qu'il n'allumait jamais et, quand il avait le trait, de le jouer d'un geste rapide et sûr.

Les premiers coups de la partie se déroulèrent de la manière habituelle. Puis il y eut deux fois échange de pions, ce qui laissa les noirs avec deux pions l'un derrière l'autre, disposition qui ne passe pas pour favorable en général. Mais il ne faisait pas de doute que l'inconnu avait pris ce risque très délibérément, pour laisser ensuite le passage à sa dame. Tel était manifestement aussi le but du sacrifice d'un pion consenti aussitôt par les noirs, sorte de gambit différé que les blancs n'acceptèrent qu'en hésitant, presque anxieusement. Les spectateurs se lançaient des regards entendus, hochaient gravement la tête et fixaient l'inconnu en retenant leur souffle.

Il cesse un instant de faire rouler sa cigarette, lève la main, la tend en avant... et effectivement : il sort sa dame ! Il l'avance très loin, jusque dans les rangs de l'adversaire, fendant quasiment par cette trajectoire le champ de bataille en deux moitiés. Un raclement de gorge admiratif se fait entendre çà et là dans l'assistance. Quel coup ! Quel punch ! Eh oui, on se doutait bien qu'il allait jouer sa dame... mais si loin, du premier coup ! Aucun des spectateurs — et c'étaient tous des gens qui s'y connaissaient en échecs — n'aurait osé jouer un coup pareil. Mais c'est bien à cela qu'on reconnaissait un vrai maître ! Le vrai maître a un jeu original, audacieux, résolu : différent, en un mot, du jeu d'un joueur moyen, précisément. Et c'est bien pourquoi l'on n'était pas obligé, lorsqu'on était un joueur moyen, de comprendre chacun des coups joués par le maître, car... de fait, on ne comprenait pas bien ce qu'il entendait faire de cette dame, là où elle était. Elle n'attaquait rien de vital, ne menaçait que des pièces qui étaient défendues. Mais le but, le sens profond de ce coup se révélerait bientôt, le maître avait son plan, c'était certain, on le voyait bien à sa mine impassible, à sa main sûre et calme. Cette avance peu conventionnelle de la dame acheva, si c'était nécessaire, de convaincre le dernier spectateur que celui qui était assis là devant l'échiquier était à l'évidence un génie comme on n'en reverrait pas de si tôt. Jean, le vieux matador, n'avait plus droit qu'à une commisération sarcastique.

Que voulait-on qu'il opposât à une verve aussi puissamment originale? Car enfin, on le connaissait! Sans doute allait-il jouer petit-petit, tenter de se tirer d'affaire par un petit-petit jeu tout en prudence et en manœuvres de retardement... Et voilà qu'après moult hésitations et réflexions, au lieu de trouver une réponse dont l'ampleur serait à la mesure de cet ample mouvement de la dame, Jean prend en h4 un petit pion que la dame noire, une fois avancée, ne défend plus.

Cette perte d'un nouveau pion laisse le jeune homme parfaitement indifférent. Il réfléchit à peine une seconde... et déjà sa dame fonce vers la droite, en plein cœur du dispositif adverse, pour venir se placer sur une case d'où elle menace à la fois deux pièces — une tour et un cavalier — et où elle se trouve de surcroît à une proximité inquiétante de la ligne du roi. Les yeux des spectateurs sont brillants d'admiration. Quel diable d'homme, ce type qui a les noirs! Quelle vaillance! «C'est un professionnel, murmure-t-on dans l'assistance, un très grand champion, un Sarasate du jeu d'échecs!» Et l'on attend impatiemment le coup par lequel Jean va répondre, et l'on est surtout impatient de voir quel sera le prochain trait des noirs.

Et Jean hésite. Réfléchit, se tourmente, s'agite sur sa chaise avec des petits tressautements de la tête, c'est un supplice de le regarder... Joue donc, Jean, joue et ne retarde pas le cours inéluctable des événements!

Et voilà Jean qui joue. D'une main tremblante, il pose son cavalier sur une case où non seulement il échappe à l'attaque de la dame, mais où c'est lui qui l'attaque, tout en défendant la tour. Bon, soit. Pas mal, ce coup. D'ailleurs, dans la situation critique où il se trouvait, que pouvait-il jouer d'autre? Nous tous, qui sommes debout derrière lui, nous aurions fait pareil... «Mais ça ne va l'avancer à rien, dit la rumeur, c'est précisément ce qu'escomptaient les noirs!»

Car déjà les noirs tendent leur main, qui fond comme un vautour sur cette case, saisit la dame et la re... non! ne la recule pas, peureusement, comme nous l'aurions fait, mais la déplace juste d'une case de plus vers la droite! Incroyable! On est pétrifié d'admiration. Personne ne saisit vraiment l'intérêt de ce coup, car la dame se retrouve à présent au bord de l'échiquier, ne menace rien et ne défend rien, elle est plantée là de façon parfaitement gratuite... mais c'est une position si belle, d'une beauté si folle, jamais dame n'eut position plus belle, solitaire et fière au milieu des rangs de l'adversaire... Jean ne saisit pas non plus où veut en venir son inquiétant partenaire en jouant ce coup, dans quel piège il veut l'attirer, et ce n'est qu'après mûre réflexion, et avec mauvaise conscience, qu'il se résout à prendre encore un pion qui n'est pas défendu. Il a maintenant, comme les spectateurs en font le compte, trois pions d'avance sur les noirs. Mais qu'est-ce que ça veut dire ?! À quoi lui sert cet avantage purement numérique, face à un adversaire qui manifestement est un stratège, qui ne se soucie pas de pièces, mais de positions, d'évolution, et de la botte foudroyante qu'il portera tout d'un coup ? Prends garde, Jean ! Tu en seras encore à faire la chasse aux pions, quand d'un coup à l'autre ton roi se fera prendre !

Les noirs ont le trait. L'inconnu est assis là, tranquille, et fait rouler sa cigarette entre ses doigts. Il réfléchit cette fois un peu plus longuement que d'habitude, peut-être une minute, peut-être deux. Il règne un silence total. Aucun des spectateurs ne se risquerait à chuchoter, c'est à peine si l'un d'eux regarde l'échiquier, tout le monde a les yeux rivés sur le jeune homme, sur ses mains et sur son visage pâle. Est-ce qu'il n'a pas déjà un très discret sourire de triomphe au coin des lèvres ? Est-ce qu'on ne devine pas un tout petit frémissement des ailes du nez, comme à l'instant des grandes décisions ? Que va être son prochain trait ? Quel coup fatal le maître s'apprête-t-il à porter ?

Voilà que la cigarette cesse de rouler, l'inconnu se penche, une douzaine de paires d'yeux suivent sa main... Que va-t-il jouer, que va-t-il jouer?... Et le voilà qui saisit le pion g7... Qui l'eût cru? Le pion g7!... Le pion g7, qu'il met sur... g6!

Suit une seconde de silence absolu. Même le vieux Jean cesse un instant de trembler et de s'agiter. Et alors il s'en faut de peu pour qu'une ovation s'élève de l'assistance. On relâche le souffle qu'on retenait, on pousse le voisin du coude, vous avez vu ça? Quel animal! Ça alors! Il se désintéresse complètement de sa dame, et pousse simplement ce pion en g6! Du coup, il dégage naturellement g7 pour son fou, c'est bien clair, et dans deux coups il fait échec, et alors... Et alors?... Alors? Eh bien, alors... alors il est clair qu'en tout état de cause, Jean est fichu dans les moindres délais. Il n'y a qu'à voir comme déjà il réfléchit de toutes ses forces!

Et effectivement, Jean réfléchit. Il réfléchit à n'en plus finir. C'est à désespérer de ce bonhomme! Parfois sa main a un petit tressaillement en avant... et déjà il la retire. Allons, vas-y, Jean! Joue, à la fin! Nous voulons voir jouer le maître!

Et enfin, au bout de cinq longues minutes, on entend déjà les pieds qui frottent sur le sol, Jean se risque à jouer. Il attaque la dame. Avec un pion, il attaque la dame noire. Il prétend échapper à son destin en gagnant ainsi du temps. Que c'est puéril! Les noirs n'ont qu'à reculer leur dame de deux cases, et on se retrouvera dans la situation d'avant. Tu es fini, Jean! Tu ne sais plus à quel saint te vouer, tu es fini...

Car les noirs jouent — tu vois, Jean, lui n'a pas besoin de réfléchir longtemps, c'est à présent du tac au tac! —, les noirs jouent leur d... Et là, tout le monde a le cœur qui s'arrête de battre un instant, car les noirs, apparemment en dépit de toute raison, ne jouent *pas* la dame, pour la soustraire à cette attaque dérisoire du pion blanc, les noirs exécutent le plan prévu et amènent leur fou en g7.

Ils le regardent, sidérés. Ils reculent tous d'un demi pas, comme par respect, et le regardent d'un air sidéré: il sacrifie sa dame et met son fou sur g7! Et il fait ça délibérément et sans broncher, tranquille et souverain, pâle, blasé et beau. Ils en ont les larmes aux yeux et le cœur tout réchauffé. Il joue comme ils voudraient jouer, eux, et n'osent jamais le faire. Ils ne comprennent pas pourquoi il joue comme il joue, et d'ailleurs cela leur est égal, peut-être même soupçonnent-ils qu'il joue avec une témérité suicidaire. Mais ils voudraient tout de même être capables de jouer comme lui: un jeu grandiose, sûr de vaincre, napoléonien. Pas comme Jean, dont ils comprennent le jeu hésitant et timoré, puisqu'en somme ils ne jouent pas autrement que lui, ils jouent seulement moins bien : Jean joue un jeu raisonnable. Normal, régulier, et terne jusqu'à l'ennui. L'autre, au contraire, avec les noirs, fait des prodiges à chaque coup. Il abandonne et sacrifie sa dame, rien que pour mettre son fou en g7, on n'a jamais rien vu de pareil. Cette prouesse les émeut jusqu'au tréfonds. Désormais, il peut jouer ce qu'il veut, ils le suivront coup après coup jusqu'à la fin, qu'elle soit triomphale ou amère. Il est désormais leur héros et ils l'aiment.

Et Jean lui-même, l'adversaire, le joueur froid, quand d'une main frémissante il saisit son pion pour prendre la dame, hésite comme par vénération pour ce héros radieux et dit, s'excusant à voix basse, implorant presque qu'on ne le force pas à commettre cet acte :

« Si vous me la donnez, monsieur... je suis bien obligé... je dois... »

Et il lance à son adversaire un regard suppliant. L'autre est là, de marbre, et ne répond pas. Et le vieux, accablé, contrit, prend la dame.

L'instant d'après, le fou fait échec. Échec au roi blanc ! L'attendrissement des spectateurs se mue en enthousiasme. Déjà, la perte de la dame est oubliée. Comme un seul homme, ils font bloc derrière le jeune challenger et son fou. Échec au roi! C'est ce qu'ils auraient joué aussi! Très exactement, ça et rien d'autre! Échec!... Une analyse objective de la situation leur montrerait bien que les blancs ont une foule de coups possibles pour se défendre, mais cela n'intéresse plus personne. Ils ne veulent plus analyser objectivement, ce qu'ils veulent dorénavant, c'est assister à des prouesses éblouissantes, à des attaques géniales et à des coups puissants qui règlent son compte à l'adversaire. Ce jeu et cette partie n'ont plus pour eux qu'un sens et qu'un seul intérêt: voir gagner le jeune inconnu, et voir le vieux matador tomber anéanti.

Jean hésite et réfléchit. Il sait que plus personne ne miserait un sou sur lui. Mais il ne sait pas pourquoi. Il ne comprend pas que les autres — pourtant tous joueurs expérimentés — ne voient pas combien sa position est forte et solide. De plus, il a un avantage d'une dame et de trois pions. Comment peuvent-ils croire qu'il va perdre? Il ne peut pas perdre: ... Ou bien si? Se trompe-t-il? Son attention se relâche-t-elle? Les autres voient-ils plus clair que lui? Il est troublé. Peut-être qu'est déjà tendu le piège mortel où il va aller donner dès le prochain coup. Où est le piège? Il faut qu'il l'évite. Il faut qu'il se dégage. Il faut en tout cas qu'il vende sa peau aussi chèrement que possible...

Et se cramponnant aux règles de l'art avec encore plus de sage lenteur, d'hésitation et d'anxiété, Jean pèse le pour et le contre, calcule, et finit par se décider à déplacer un cavalier, pour l'interposer entre roi et fou, de sorte qu'à son tour le fou noir est exposé à la dame blanche.

La réplique des noirs ne se fait pas attendre. Ils ne renoncent pas à l'attaque ainsi stoppée, ils amènent des renforts : leur cavalier vient défendre le fou menacé. L'assistance exulte. Et dès lors on rend coup pour coup : les blancs rapprochent un fou en appui, les noirs lancent en avant une tour, les blancs amènent leur second cavalier, les noirs leur seconde tour. Les deux camps massent leurs forces autour de la case où se trouve le fou noir ; cette case où de toute manière le fou ne pourrait plus rien faire est devenue le centre de la bataille... Pourquoi, on n'en sait rien, ce sont les noirs qui en ont décidé ainsi. Et chaque pas dans l'escalade, chaque coup noir rameutant une pièce supplémentaire est maintenant salué par une véritable et bruyante ovation du public, tandis que chaque coup des blancs contraints de se défendre récolte des grognements franchement maussades. Sur quoi les noirs, en dépit encore de toutes les règles de l'art, déclenchent une série meurtrière d'échanges en chaîne. Pour un joueur en situation d'infériorité numérique — c'est ce que disent les manuels —, un massacre aussi dévastateur ne peut guère être avantageux. Les noirs en prennent tout de même l'initiative, et le public jubile. On n'a jamais vu pareille boucherie. Sans la moindre retenue, les noirs décapitent tout ce qui est à portée, les pions tombent par files entières et, aux applaudissements frénétiques de ce public de connaisseurs, tombent aussi les cavaliers, les tours et les fous...

Au bout de sept ou huit traits et contre-traits, l'échiquier est dépeuplé. Le bilan de la bataille paraît catastrophique pour les noirs : ils ne possèdent plus que trois pièces, à savoir le roi, une tour et un seul petit pion. Les blancs, en revanche, ont sauvé de cette apocalypse, outre le roi et une tour, leur dame et quatre pions. Pour n'importe quel observateur censé, il ne pouvait vraiment plus désormais planer le moindre doute sur l'issue de la partie et sur son vainqueur. Et de fait... *aucun doute* ne plane. Car il suffit de voir leurs visages enflammés par l'excitation belliqueuse : les spectateurs demeurent obstinément convaincus, même au vu de ce désastre, que c'est leur homme qui va gagner ! Maintenant comme tout à l'heure, ils seraient prêts à miser sur lui n'importe quelle somme, et la simple allusion à sa possible défaite les ferait se récrier furieusement.

Tout comme eux, le jeune homme ne paraît nullement impressionné par sa posture calamiteuse. C'est à lui de jouer. Calmement, il prend sa tour et la déplace d'une case vers la droite. Et de nouveau le silence se fait alentour. Et voilà effectivement que ces hommes mûrs ont les yeux qui se mouillent, transportés et ravis qu'ils sont par le véritable génie qu'est ce joueur. C'est comme à la fin de la bataille de Waterloo, quand l'Empereur fait donner la Garde pour un assaut perdu d'avance : les noirs repartent à l'attaque avec leur dernière pièce !

En effet, les blancs ont leur roi posté sur la dernière ligne, en g1, et, placés devant sur la deuxième ligne, trois pions, si bien que le roi est coincé et se trouverait en fâcheuse posture si les noirs parvenaient, comme ils en ont manifestement l'intention, à amener au prochain coup leur tour sur la ligne de fond.

Or, cette possibilité de mettre mat l'adversaire est sans doute la plus connue et la plus banale, pour ne pas dire la plus puérile de toutes les possibilités qu'offre le jeu d'échecs, son succès reposant uniquement sur l'éventualité où l'adversaire ne voit pas ce danger évident et ne prend pour y parer aucune disposition, la plus efficace consistant à ouvrir la ligne des pions et à donner ainsi au roi la place de s'esquiver ; prétendre mettre mat un joueur expérimenté, et même un débutant un peu dégourdi, avec une ficelle aussi grosse, c'est plus que de la légèreté. Pourtant, l'assistance ravie admire le trait de son héros, comme si c'était la première fois qu'elle voyait pareil coup. Ils secouent la tête, tant ils en sont stupéfaits. Certes, ils savent que les blancs doivent faire maintenant une faute énorme, pour que les noirs réussissent. Mais ils y croient. Ils croient réellement que Jean, le matador local, qui les a tous battus, qui ne se permet jamais une faiblesse, que Jean va commettre cette faute de débutant. Et plus encore : ils l'espèrent. Ils le désirent ardemment. Ils prient intérieurement, avec ferveur, pour que Jean commette cette erreur...

Et Jean réfléchit. Il balance méditativement la tête d'un côté à l'autre, il soupèse et compare les possibilités, comme c'est son habitude, il hésite encore une fois... puis sa main tremblante et criblée de taches de son s'avance, prend le pion g2 et le met sur g3.

Huit heures sonnent au clocher de Saint-Sulpice. Les autres joueurs d'échecs du Luxembourg sont depuis longtemps partis prendre l'apéritif, le loueur d'échiquiers a depuis longtemps fermé boutique. Il ne reste plus, au milieu du pavillon, que le groupe des spectateurs autour des deux adversaires. Avec de grands yeux bovins, ils regardent l'échiquier, où un petit pion blanc vient de sceller la défaite du roi noir. Et ils ne veulent toujours pas y croire. Ils détournent leurs regards bovins du spectacle déprimant qu'offre le champ de bataille et les tournent vers le général qui, pâle, blasé et beau, est assis sans bouger sur sa chaise de jardin. «Tu n'as pas perdu, disent leurs regards bovins, tu vas maintenant faire un miracle. Dès le début tu as prévu cette situation, tu l'as même provoquée. Tu vas maintenant anéantir ton adversaire; comment, nous ne le savons pas, nous ne savons d'ailleurs rien du tout, car enfin nous ne sommes que de simples joueurs d'échecs. Mais toi, homme prodigieux, tu peux accomplir cette prouesse, et tu vas l'accomplir. Ne nous déçois pas! Nous croyons en toi. Accomplis ce prodige, homme prodigieux, accomplis ce prodige et remporte la victoire!»

Le jeune homme était là, assis, et se taisait. Puis du pouce il fit rouler la cigarette jusqu'aux bouts de son index et de son médius, et la porta à sa bouche. Il l'alluma, tira une bouffée, rejeta la fumée au-dessus de l'échiquier. Puis sa main glissa à travers la fumée, il la laissa planer un moment au-dessus du roi noir, et le renversa.

C'est un geste extrêmement vulgaire et hostile, que de renverser le roi pour signifier sa propre défaite. C'est comme si l'on détruisait après coup l'ensemble de la partie. Et cela fait un vilain bruit, quand le roi ainsi renversé heurte l'échiquier. Tout joueur d'échecs en ressent un coup au cœur.

Le jeune homme, après avoir dédaigneusement renversé le roi d'une chiquenaude, se leva, et, sans accorder un seul regard à son adversaire ni à l'assistance, et sans saluer, s'éloigna.

Les spectateurs étaient plantés là, confus, gênés, et regardaient l'échiquier d'un air désemparé. Au bout d'un moment, tel ou tel se racla la gorge, bougea les pieds, tira une cigarette... Quelle heure est-il? Déjà huit heures un quart? Mon Dieu, si tard que ça! Au revoir! Salut, Jean!... Et, marmonnant de vagues excuses, ils s'éclipsèrent rapidement.

Le champion local resta seul. Il redressa le roi renversé et se mit à ramasser les pièces dans une petite boîte, d'abord celles qui avaient été prises, puis celles qui restaient sur les cases. En même temps, comme il en avait l'habitude, il se remémora encore une fois les différents coups et les positions successives de la partie. Il n'avait pas commis une seule erreur, naturellement. Et pourtant il avait l'impression de n'avoir jamais aussi mal joué de sa vie. Les choses étant ce qu'elles étaient, il aurait dû mettre son adversaire mat dès la phase d'ouverture. Quand on était capable de jouer un coup aussi lamentable que ce gambit de la dame, on démontrait qu'on ignorait tout des échecs. Ce genre de débutants, Jean les traitait selon son humeur de façon indulgente ou impitoyable, mais en tout cas il leur réglait leur compte rondement et sans se poser de questions. Or, cette fois, il avait manifestement perdu le flair lui permettant de détecter la véritable faiblesse de son adversaire... ou bien est-ce que, tout simplement, il avait été lâche? N'avait pas osé traiter comme il le méritait ce charlatan arrogant, et l'exécuter séance tenante?

Non, c'était plus grave que cela. Il n'avait pas *voulu* imaginer que cet adversaire fût aussi lamentablement mauvais. Plus grave encore: presque jusqu'à la fin de la partie, il avait voulu croire qu'il n'était même pas de taille face à cet inconnu. Il avait jugé irrésistibles son assurance, son air de génie, la jeunesse qui l'auréolait. C'est pour cela qu'il avait joué avec une prudence tellement excessive. Mieux encore: s'il voulait être sincère, il lui fallait même s'avouer qu'il avait admiré l'inconnu, tout comme les autres, et même qu'il avait souhaité le voir gagner et lui infliger *enfin*, à lui Jean, d'une manière aussi sensationnelle et géniale que possible, la défaite qu'il était las d'attendre depuis des années, pour qu'enfin il soit libéré du fardeau pesant d'être le plus grand et de devoir les battre tous, pour qu'enfin la foule hargneuse des spectateurs, cette bande d'envieux, obtienne satisfaction, et que la tranquillité vienne, enfin...

Mais ensuite, naturellement, il avait tout de même gagné, une fois de plus. Et c'était la victoire la plus répugnante de toute sa carrière, car pour l'éviter il s'était, durant toute une partie d'échecs, renié lui-même, et s'était humilié, et avait baissé les bras devant le plus pitoyable des nullards.

Ce n'était pas un homme aux profondes conceptions morales, ce Jean, ce matador local. Mais en tout cas, tandis qu'il rentrait chez lui en traînant les pieds, l'échiquier sous le bras et la boîte pleine de pièces à la main, il se rendait bien compte d'une chose : c'est qu'il avait aujourd'hui subi une défaite, et une défaite d'autant plus terrible et définitive qu'elle ne pouvait donner lieu à nulle revanche et qu'aucune victoire future, si brillante fût-elle, ne pourrait jamais la compenser. Et c'est pourquoi il décida — lui qui jamais, au demeurant, n'avait été homme à prendre de grandes résolutions — de renoncer au jeu d'échecs, une fois pour toutes.

À l'avenir, il jouerait aux boules,

comme d'ailleurs tous les autres retraités ; c'était un jeu anodin, qui se jouait en compagnie, et réclamait moins de vertus morales.

LE TESTAMENT
DE MAÎTRE MUSSARD

Toujours occupé de cet objet et de ses singulières découvertes, il s'échauffa si bien sur ces idées qu'elles se seraient enfin tournées dans sa tête en système, c'est-à-dire en folie, si, très heureusement pour sa raison, mais bien malheureusement pour ses amis, auxquels il était cher, et qui trouvaient chez lui l'asile le plus agréable, la mort ne fût venue le leur enlever par la plus étrange et cruelle maladie.

ROUSSEAU, *Confessions*.

Ces quelques feuillets sont destinés à un lecteur inconnu de moi, et à une génération future ayant le courage de voir la vérité et possédant l'énergie nécessaire pour la supporter. Que les petits esprits fuient mes paroles comme le feu, je n'ai rien de plaisant à raconter. Il me faut être bref, car il ne me reste que peu de temps à vivre. Noter la moindre phrase exige de moi un effort proprement surhumain, dont je serais incapable si je n'étais poussé par la nécessité intérieure de faire connaître à la postérité ce que je sais pour en avoir eu la révélation.

La maladie dont je suis atteint, et dont je suis seul à connaître les véritables causes, est appelée par les médecins *paralysis stomachosa* et consiste en une paralysie rapide de mes membres et de tous mes organes internes. Elle me contraint à passer mes jours et mes nuits assis droit dans mon lit, appuyé sur des oreillers, à noircir de la main gauche — la droite ne bougeant plus du tout — une liasse de papier posée sur mon drap. Les pages en sont tournées par mon fidèle serviteur Manet, que j'ai également désigné pour curateur de ma succession. Voilà trois semaines que je n'absorbe plus que des nourritures liquides ; or, depuis deux jours, j'endure des douleurs presque insupportables pour avaler même de l'eau... Mais je n'ai pas le droit de m'arrêter à dépeindre mon état présent, je dois bien plutôt consacrer les forces qui me restent à décrire mes découvertes. Auparavant, un mot encore sur ma personne.

Mon nom est Jean-Jacques Mussard. Je suis né le 12 mars 1687 à Genève. Mon père était cordonnier. Mais je sentis très tôt en moi la vocation d'un état plus noble et je me mis apprenti chez un orfèvre. Au bout de quelques années seulement, je fus reçu compagnon sur un chef-d'œuvre qui consistait — ironie du destin — en un rubis serti dans un coquillage d'or. Après un tour de deux ans, qui me fit voir les Alpes et la mer et la vaste contrée qui les sépare, je fus attiré par Paris, où je trouvai à m'employer chez maître Lambert, orfèvre rue Verdelet. Ce dernier mourut prématurément et je gérai son atelier en commission, épousai sa veuve un an plus tard et gagnai de la sorte maîtrise et droit de jurande. Au cours des vingt années suivantes, je parvins à faire du petit atelier de la rue Verdelet la plus grande et plus célèbre joaillerie de tout Paris. Ma clientèle était issue des plus illustres maisons de la capitale, des plus grandes familles du royaume et de l'entourage même du Roi. Mes bagues, broches, parures et diadèmes étaient portés jusqu'en Hollande, en Angleterre et dans le Saint Empire, et plus d'une tête couronnée a franchi mon seuil. En 1733, deux ans après le décès de ma chère épouse, je fus nommé joaillier ordinaire de Monsieur le Duc d'Orléans.

À me frotter de la sorte à la meilleure société, je ne manquai pas de voir s'épanouir les capacités de mon esprit, et s'affermir mon caractère.

J'apprenais, en écoutant les conversations auxquelles il m'était permis d'assister, et en lisant les livres auxquels je consacrais désormais toutes mes heures de loisir. En l'espace de plusieurs décennies, j'acquis de cette manière une connaissance si approfondie des sciences, des lettres, des arts et du latin que je pouvais sans présomption, bien que je n'eusse fréquenté aucun collège ni université, me considérer comme un savant. J'avais mes entrées dans tous les principaux salons, et recevais en retour chez moi les plus grands esprits de notre époque : Diderot, Condillac, d'Alembert dînaient à ma table.

On trouvera dans mes papiers la correspondance que j'ai entretenue des années durant avec Voltaire. Rousseau lui-même, pourtant si farouche, compta parmi mes amis.

Si je fais mention de tout cela, ce n'est point pour en imposer à mon futur lecteur — s'il existe un jour — par l'énumération de noms illustres. C'est bien plutôt pour récuser avec vigueur le reproche qui pourrait m'être fait quelque jour, quand j'aurai révélé mes incroyables découvertes, le reproche de n'être qu'un pauvre fou dont les propos n'auraient pas à être pris au sérieux, parce qu'il n'aurait nulle idée de la philosophie ni de l'état des sciences de son temps. Les personnages que je viens d'évoquer sont témoins de la lucidité de mon esprit et de la vigueur de mon jugement. Si quelqu'un estime n'avoir pas à me prendre au sérieux, je ne puis lui dire que ceci : qui es-tu, l'ami, pour contester un homme que les plus grands de son époque ont considéré comme un de leurs pairs ?

L'extension de mon atelier et le développement de mes affaires m'avaient procuré une honnête fortune. Et cependant, plus je prenais de l'âge, moins j'étais sensible au charme de l'or et des pierres précieuses, au contraire j'appréciais davantage celui des livres et des sciences. Je résolus donc, avant même d'atteindre soixante ans, de me retirer tout à fait du négoce et de passer le reste de mes jours dans le loisir et dans une aisance assurée, à l'écart de l'agitation de la capitale. J'acquis dans ce but un terrain près de Passy, j'y fis construire une spacieuse demeure et dessiner un jardin plein d'arbustes d'agrément, de parterres de fleurs et d'arbres fruitiers, avec de belles allées de gravier et quelques bassins à jets d'eau. L'ensemble était retranché du reste du monde par une solide haie de buis, et la charmante tranquillité de sa situation me parut en faire le lieu qui convenait à un homme désireux d'intercaler encore, entre les tracas de l'existence et sa mort, une période de paix et de satisfaction. C'est le 22 mai 1742, à l'âge de cinquante-cinq ans, que je déménageai de Paris à Passy et m'installai dans ma nouvelle propriété.

Ah, lorsque je repense aujourd'hui à ce jour de printemps où j'arrivai à Passy, plein d'un bonheur tranquille et d'une joie sereine! Lorsque je songe à cette première nuit, où pour la première fois de ma vie je me mis au lit sans la hantise oppressante d'un lendemain d'agitation, de rendez-vous, de presse et de soucis! Bercé par le seul doux bruissement des aulnes de mon propre jardin, que mon sommeil fut doux — sur ces mêmes oreillers au milieu desquels je suis à présent assis, pétrifié! Je ne sais si je dois

maudire ce jour-là ou le bénir. Entre-
temps j'ai été peu à peu détruit jusqu'à
me trouver dans l'état pitoyable qui est à
présent le mien ; mais entre-temps aussi
la vérité s'est révélée à moi peu à peu, la
vérité sur le début, le cours et le terme de
notre vie, de notre monde, de notre cosmos tout entier. La face de la vérité est
effrayante, et sa vue mortelle comme
celle de la tête de Méduse. Mais une fois
trouvé, par hasard ou par quête constante,
le chemin qui mène à elle, on ne peut que
le suivre jusqu'au bout, même si l'on n'y
trouve plus ni repos ni réconfort et si personne ne vous en sait gré.

À ce point, lecteur inconnu, arrête-toi
pour t'examiner, avant de poursuivre ta
lecture. Es-tu suffisamment fort pour
entendre ce qu'il y a de plus terrible ? Ce
que je vais te dire est inouï, et une fois que
je t'aurai ouvert les yeux, tu verras un
monde nouveau et tu ne pourras plus voir
l'ancien. Or, ce monde nouveau sera laid,
inquiétant, angoissant. Ne t'attends pas à
ce qu'il te reste la moindre espérance,
la moindre issue ni consolation, hormis
la consolation de connaître désormais la
vérité, et une vérité définitive. Ne lis pas
plus avant, si tu as peur de la vérité !
Repousse ces feuillets, si le définitif t'ef-
fraie ! Fuis mes paroles, si tu tiens à ta
tranquillité d'esprit ! L'ignorance n'a rien
de honteux, la plupart des hommes voient

en elle le bonheur. Et, de fait, elle est le seul bonheur possible en ce monde. Ne le rejette pas à la légère !

Je vais te dire à présent ce que jamais plus tu n'oublieras, parce qu'au fond de toi-même tu l'as toujours su, tout comme je le savais avant d'en avoir la révélation. Nous nous refusions seulement à nous l'avouer et à le dire. Je dis que *le monde est un coquillage qui se ferme impitoyablement.*

Tu te cabres ? Tu te refuses à entrer dans cette vue ? Cela n'a rien d'étonnant. Le pas est trop grand. Tu ne saurais le franchir en une fois. La brume ancienne est trop épaisse pour qu'une grande lumière puisse suffire à la dissiper. Il nous faut en allumer cent petites. Je vais donc reprendre le récit de mon histoire et te faire ainsi partager l'illumination progressive dont j'ai bénéficié.

J'ai déjà évoqué le jardin qui entourait ma nouvelle maison. De fait, c'était un petit parc, où se trouvaient certes quantité d'espèces rares de fleurs, d'arbustes et d'arbres, mais où j'avais fait planter surtout de simples rosiers, car la vue des rosiers en fleurs m'a toujours procuré un sentiment d'apaisement et de réconfort. Le jardinier, à qui j'avais donné carte blanche dans le détail de l'aménagement du jardin, avait entre autres créé un grand massif de rosiers sous les fenêtres de mon salon donnant vers l'ouest. Ce brave homme voulait me faire plaisir. Il ne soupçonnait pas que, si j'aimais les roses, je ne tenais tout de même pas trop à en être assiégé et envahi. Il ne pouvait pas davantage soupçonner que l'établissement de ce massif marquerait dans l'histoire de l'humanité le début d'une époque nouvelle, et de la dernière. Il advint en effet que ces rosiers refusèrent obstinément de pousser. Les tiges restèrent courtes et malingres, certaines séchèrent en dépit d'arrosages constants, et, quand tout le reste du jardin fut en pleine floraison, les rosiers devant le salon n'avaient même pas encore fait de bourgeons. Je me concertai avec le jardinier, qui ne sut que proposer de déplanter tout le massif, pour changer la terre avant de le replanter. Le procédé me parut bien compliqué, et comme sans le lui avouer je n'avais jamais été très content que ces rosiers fussent si proches, je suggérai qu'on pourrait laisser vide tout le massif et construire à sa place une petite terrasse, d'où l'on jouirait, en sortant du salon, d'une large vue sur tout le jardin et du spectacle admirable des plus beaux couchers de soleil. Cette idée me séduisit tellement que je décidai de la réaliser de mes propres mains.

Je me mis à arracher les rosiers et à creuser le sol, afin de combler ensuite le trou avec du gravier et du sable pour supporter les dalles. Mais au bout de quelques coups de bêche, je n'étais déjà plus dans de la terre meuble, je tombai sur une couche résistante et blanchâtre qui freinait beaucoup mon travail. Je pris alors une pioche pour briser cette curieuse roche blanche. Elle se cassait et s'effritait sous les coups en petits morceaux que je pouvais enlever à la pelle. Mon intérêt minéralogique pour cette nouvelle roche était faible, limité qu'il était par l'irritation que me causait ce surcroît de travail consistant à la déblayer, jusqu'au moment où mon regard s'arrêta soudain sur la pelletée que je m'apprêtais à lancer sur le côté. Je vis dans la pelle une pierre grosse comme le poing, contre laquelle semblait collée une petite chose délicate de forme régulière. Je posai la pelle, pris la pierre dans ma main et vis non sans surprise que la petite chose de forme régulière était un coquillage de pierre. Interrompant aussitôt mon travail, je rentrai dans la maison pour examiner ma trouvaille. Le coquillage collé à la pierre paraissait ne faire qu'un avec elle, et n'en différait guère non plus par la couleur, sinon que l'alternance de blanc, de jaune et de gris y était mise davantage en valeur par un relief de rainures en éventail. Il avait à peu près la taille d'un louis d'or et, par sa forme extérieure, ressemblait à s'y méprendre aux coquillages qu'on trouve sur les plages de Normandie et de Bretagne et qu'on dispose souvent sur un appétissant plateau au début de nos repas de midi. Lorsque avec un couteau je le grattai et détachai un petit coin de sa coquille, je vis que la cassure ne se distinguait en rien de celle que je pouvais faire en n'importe quel endroit de la pierre. J'écrasai le fragment du coquillage dans un mortier, et un fragment de la pierre dans un autre : les deux fois j'obtins la même poudre d'un blanc grisâtre qui, mêlée à quelques gouttes d'eau, ressemblait à l'enduit dont on blanchit les murs. Le coquillage et la pierre étaient faits d'une seule et même substance, mais la portée immense de cette découverte qui me fait frémir aujourd'hui encore ne m'apparaissait pas bien clairement. J'étais trop captivé par ce que je pensais être l'exceptionnelle rareté de ma trouvaille, je croyais trop à un caprice du hasard et de la nature, j'étais incapable d'imaginer autre chose. Mais cela n'allait pas tarder à changer.

Après avoir examiné à fond mon coquillage, je ressortis et retournai au massif de rosiers, pour voir si j'en trouverais d'autres. Je n'eus pas à chercher longtemps. À chaque coup de pioche que je donnais, à chaque pelletée que je versais, je dégageais des coquillages de pierre.

J'avais maintenant l'œil, et je discernais des masses de coquillages là où naguère je n'aurais vu que pierres et sable. En une demi-heure, j'en décomptai bien cent, puis je cessai de compter, car je n'avais plus assez d'yeux pour les voir tous.

Animé d'un sombre pressentiment que je n'osais m'avouer, mais qui sans doute germe déjà en toi, lecteur inconnu, je me rendis avec ma bêche jusqu'au bout opposé du jardin et je me mis à y creuser. Je ne trouvai d'abord que terre et argile. Mais à un demi-mètre de fond, je tombai sur de la roche à coquillages. Je creusai à un troisième endroit, à un quatrième, je creusai à un cinquième, à un sixième. Partout — quelquefois au premier coup de bêche, d'autres fois en creusant davantage — je trouvai des coquillages, de la roche à coquillages, du sable à coquillages.

Dans les jours et les semaines qui suivirent, j'entrepris des excursions dans les environs. D'abord je fouillai à Passy, puis à Boulogne et à Versailles ; à la fin j'avais fouillé tout le pourtour de Paris, systématiquement, de Saint-Cloud à Vincennes, de Gentilly à Montmorency, sans une seule fois manquer de trouver des coquillages. Et quand je n'en trouvais pas, je trouvais du sable ou de la roche d'une substance identique à la leur. Dans les lits de la Seine et de la Marne, les coquillages reposaient en grand nombre à la surface des bancs de gravier, tandis qu'à Charenton, sous les regards suspicieux des gardiens de l'asile, je dus creuser un puits de cinq mètres avant de mettre au jour ce que je cherchais. De chacune de mes fouilles, je rapportais quelques spécimens de coquillages, ainsi que des échantillons de la roche qui les entourait, et je les soumettais, une fois chez moi, à un examen scrupuleux, dont le résultat était régulièrement le même que la première fois. Les divers coquillages de ma collection différaient uniquement par la taille, et rien ne les distinguait non plus, à part leur forme, de la roche où ils se trouvaient pris. Le fruit de mes expéditions et expertises me posait deux questions fondamentales, qu'à la fois je redoutais et brûlais de résoudre :

Primo, de quelle ampleur était, dans le sous-sol, l'extension de la roche à coquillages ?

Secundo, comment et pourquoi naissaient les coquillages, ou, en d'autres termes, qu'est-ce qui faisait qu'une pierre amorphe, et en tout cas de forme tout à fait arbitraire, adoptait le modelé extraordinairement artistique d'un coquillage ?

Que mon lecteur inconnu veuille bien, arrivé à ce point, ne pas m'interrompre en s'exclamant que déjà le grand Aristote avait abordé ces questions, et que l'existence de roches à coquillages ne constitue pas une découverte originale, ni surprenante, et qu'il s'agit d'un phénomène connu depuis des millénaires. À cela je ne puis que répondre : doucement, l'ami, doucement !

Je ne prétends nullement être le premier homme à avoir trouvé un coquillage de pierre. Tout un chacun, marchant les yeux ouverts dans la nature, en aura déjà vu un. Mais tout le monde n'y aura justement pas prêté attention, et personne n'y a encore réfléchi aussi systématiquement que moi. Je connais et je connaissais déjà, naturellement, les œuvres du philosophe grec sur l'origine de notre terre, des continents, du relief, etc., dans lesquelles sont évoqués aussi les coquillages de pierre. Lorsque j'eus achevé la partie pratique de mes recherches, je fis venir de Paris tous les livres dont je pouvais espérer quelque éclaircissement sur le problème des coquillages. Je passai au peigne fin tous les ouvrages de cosmologie, de géologie, de minéralogie, de météorologie, d'astronomie, et de toutes les disciplines connexes. Je lus tous les auteurs qui avaient quelque chose à dire sur les coquillages, d'Aristote à Albert le Grand, de Théophraste à Grosseteste, d'Avicenne à Léonard de Vinci.

Il en ressortit que ces grands esprits possédaient certes une bonne connaissance de l'existence des coquillages, de leur structure, de leur forme, de leur extension, etc., mais qu'en revanche aucun d'entre eux n'était à même d'expliquer leur origine, leur constitution interne ni leur véritable destination.

Du moins l'étude de ces ouvrages me permettait-elle de répondre à la question de l'extension atteinte par la conchylisation. En vertu du principe selon lequel il n'est pas nécessaire de faire un périple autour du monde pour savoir que le ciel est partout bleu, j'avais déjà soupçonné qu'il y avait des coquillages partout où l'on pouvait creuser un trou pour en chercher. Je lisais à présent qu'on trouvait des coquillages non seulement en Europe et dans l'immense Asie, depuis les plus hauts sommets montagneux jusqu'aux plus profondes vallées fluviales, mais encore qu'on avait trouvé du calcaire à coquillages, du sable à coquillages, de la roche à coquillages et des coquillages entièrement formés dans les nouveaux continents de l'Amérique du Nord et du Sud. Se confirmait ainsi ce que j'avais déjà craint lors de mes fouilles parisiennes, à savoir que notre planète tout entière est minée par les coquillages et par la substance conchylioïde. Ce que nous considérons comme la forme propre de notre terre, prairies et forêts, lacs et mers, jardins, champs cultivés, déserts et plaines fertiles, tout cela n'est rien que l'habillage flatteur mais ténu d'un noyau aride. Si l'on enlevait ce mince manteau, notre planète apparaîtrait comme une boule d'un blanc grisâtre, constituée et issue de myriades de coquillages de pierre gros comme des louis d'or. Sur une telle planète, aucune vie ne serait plus possible.

La découverte que la terre est essentiellement constituée de coquillages pourrait être considérée comme une curiosité anodine s'il s'agissait là d'un état de choses immuable et achevé. Tel n'est malheureusement pas le cas. Mes vastes études, dont je n'ai plus ici le temps d'exposer en détail le déroulement, ont mis en évidence que la conchylisation de la terre est un processus qui s'accélère inéluctablement. Dès l'époque présente, le manteau terreux du monde s'est de toutes parts élimé et effrité. En de nombreux endroits, il est dès à présent rongé et englouti par la substance conchylioïde. C'est ainsi que nous lisons chez les Anciens que la Sicile, la côte nord de l'Afrique et la péninsule ibérique comptaient parmi les contrées les plus fertiles et les plus riches du monde d'alors. Aujourd'hui, il est notoire que ces mêmes régions ne sont plus recouvertes à de petites exceptions près, que de poussière, de sable et de pierres, ce qui est la phase préalable de la conchylisation. Cela vaut tout autant pour la majeure partie de l'Arabie, pour toute la moitié nord de l'Afrique et, comme nous l'apprennent de récents récits de voyages, pour des régions proprement immenses de l'Amérique. Et même dans notre pays, que nous considérons communément comme privilégié entre tous, la marche de la conchylisation est patente. On rapporte que dans certaines parties de l'ouest de la Provence et du sud des Cévennes, le manteau terreux n'est dès à présent pas plus épais que le doigt. Au total, la superficie terrestre déjà victime de ce phénomène est largement plus grande que l'Europe.

La cause de l'inexorable multiplication des coquillages et de leur substance réside dans le non moins inexorable cycle de l'eau. Car de même que l'eau est l'alliée jurée des coquillages normaux vivant dans les mers, elle est de même celle des coquillages de pierre, elle est leur élément vital. Comme le sait tout homme instruit, l'eau suit un cycle perpétuel qui consiste en ce que, sous l'action des rayons solaires, elle s'élève au-dessus de la mer pour se condenser en nuages, lesquels, poussés par le vent sur de longues distances, vont crever au-dessus des terres et y déversent l'eau sous forme de gouttes de pluie. L'eau imbibe et pénètre alors jusqu'à la moindre parcelle de terre, pour ensuite se rassembler à nouveau en sources et en ruisseaux, se gonfler en formant des rivières et des fleuves, et finalement rejoindre irrésistiblement la mer. Sa désastreuse contribution à la conchylisation, l'eau l'apporte au moment où elle entre dans la terre. Car en y pénétrant elle l'effrite peu à peu, la dissout et l'emporte. Ensuite de quoi l'eau s'infiltre plus bas, jusqu'à atteindre la couche de roche à coquillages, qu'elle approvisionne ainsi en substances arrachées à la terre et nécessaires à la conchylisation. C'est ainsi que le manteau terreux devient de plus en plus mince, tandis que la roche à coquillages ne fait que croître inexorablement. On a confirmation de ma découverte en faisant bouillir dans une casserole n'importe quelle eau normale puisée à la fontaine. Sur le fond et les parois de la casserole se forme un dépôt blanchâtre. Dans les récipients longtemps utilisés pour faire bouillir de l'eau, ce dépôt peut donner une croûte fort épaisse. Si l'on détache celle-ci et qu'on l'écrase dans un mortier, on obtient la même poudre qu'en broyant des coquillages de pierre. Si l'on tente en revanche la même expérience avec de l'eau de pluie, on n'obtient aucun dépôt.

Mon lecteur inconnu comprendra désormais dans quelle situation désespérée se trouve le monde : l'eau, sans laquelle nous ne saurions vivre un seul jour, détruit le fondement même de notre vie, la terre, et fait le jeu de notre pire ennemi, le coquillage de pierre. Et avec cela, la métamorphose de l'élément nourricier qu'est la terre en l'élément mortifère qu'est la pierre est aussi inéluctable et irréversible que la transmutation d'une multitude de formes efflorescentes en une forme unique de coquillage. Ne nous faisons donc plus d'idées fausses sur la fin du monde, elle n'aura d'autre forme que la conchylisation intégrale, et cette fin est aussi certaine que le lever et le coucher du soleil, que la chute de la pluie et que la montée de la brume. Quant à l'aspect précis qu'aura cette fin, j'y reviendrai. Mais je dois d'abord répondre aux objections qu'on va me faire et que je ne comprends que trop bien. Car personne ne veut regarder l'horreur en face, et la peur invente des «si» et des «mais» par milliers. Le philosophe, lui, doit ne faire droit qu'à la vérité.

J'ai déjà brièvement évoqué combien nos plus illustres philosophes sont décevants lorsqu'il s'agit d'expliquer le phénomène des coquillages. Plus d'un se contente d'affirmer qu'il faut voir en eux un caprice et un hasard de la nature, laquelle, sans qu'on sache pourquoi, se serait plu à donner à des pierres la forme de coquillages. Tout homme sensé, devant une explication aussi superficielle et commode — à vrai dire encore professée de nos jours par les auteurs italiens —, la jugera si ridicule et si peu scientifique que je puis me dispenser de m'y attarder.

Une deuxième opinion, qui mérite d'être prise davantage au sérieux et qui est défendue elle aussi par de grands philosophes, consiste à dire qu'en des temps très anciens la terre entière fut recouverte par la mer, et que celle-ci en se retirant aurait partout laissé des coquillages vivants. Pour preuve de leur affirmation, ces savants invoquent le récit du déluge dans la Bible, où il est effectivement écrit que toutes les terres furent inondées jusqu'aux plus hauts sommets. Si cette interprétation peut paraître lumineuse à un esprit simple, en revanche l'homme informé que je suis ne peut que la contester avec la dernière énergie. Nous lisons dans la *Genèse* que l'eau recouvrit les terres pendant trois cent soixante-dix jours, mais les sommets des montagnes — où l'on ne trouve pas moins de coquillages que dans les plaines — pendant cent cinquante jours seulement. Comment veut-on, je le demande, qu'une inondation si brève ait pu laisser la quantité de coquillages qu'on trouve aujourd'hui? Outre que ces coquillages laissés par le déluge voilà des millénaires devraient depuis longtemps avoir été usés par les intempéries et réduits en sable. Et même s'ils s'étaient conservés inexplicablement, personne ne pourrait néanmoins expliquer pourquoi ils ne cessent de se multiplier, comme nous l'avons constaté. Nous voyons donc que toutes les explications et interprétations du phénomène des coquillages sont dépourvues de fondement, hormis la mienne.

Nous avons jusqu'ici pu établir que la forme extérieure de notre terre est soumise à une transmutation incessante des matières les plus diverses en substance conchylioïde. Or, il est permis de supposer que cette métamorphose en coquillages constitue un principe universel auquel obéit non seulement la croûte terrestre, mais toute vie sur terre, toutes les choses et tous les êtres, et même le cosmos tout entier.

Un regard dans la lunette astronomique m'avait depuis longtemps convaincu que notre plus proche voisin dans l'univers, l'astre lunaire, était un exemple véritablement classique de la conchylisation du cosmos. Cette dernière y est à vrai dire parvenue à un stade que n'a pas encore atteint la terre, celui de la transmutation totalement achevée de toute matière en substance conchylioïde. Il y a certes des astronomes, même à la cour, pour prétendre que la lune serait un astre hospitalier, couvert de collines boisées, de prairies grasses, de grands lacs et de mers. Il n'en est rien. Ce que ces dilettantes prennent pour des mers, ce sont de vastes déserts de coquillages ; et ce qu'ils baptisent montagnes sur leurs cartes de la lune, ce ne sont que des terrils arides de pierres à coquillages. Et la même chose vaut pour d'autres corps célestes.

Les générations futures, dotées d'esprits plus fins et de lunettes plus puissantes, me donneront raison.

Plus épouvantable encore que la conchylisation du cosmos est la constante dégradation en substance conchylioïde de notre propre organisme. Cette dégradation est si violente que chez tout être humain elle conduit immanquablement à la mort. Tandis qu'au moment de la génération tout être humain n'est, si je puis dire, qu'un caillot de mucus, petit certes, mais encore complètement exempt de substance conchylioïde, voilà que dès sa croissance utérine il en développe des dépôts. Au lendemain de la naissance, ces dépôts sont encore passablement mous et souples, comme nous pouvons le voir au crâne des nouveau-nés. Mais au bout de peu de temps déjà, l'ossification du petit organisme, l'enveloppement et l'enfermement du cerveau dans une coque minérale dure atteignent le point où l'enfant prend une forme assez rigide. Les parents jubilent de voir en lui dès lors un véritable être humain. Ils ne comprennent pas que leur enfant qui marche à peine est déjà atteint par les coquillages, et que ses pas encore hésitants le rapprochent déjà d'une mort certaine. Certes, l'enfant se trouve dans un état enviable, comparé à un vieillard. Avec l'âge, en effet, la pétrification de l'être humain est particulièrement manifeste : la peau devient rugueuse, les cheveux sont cassants, les artères, le cœur et le cerveau se calcifient, le dos s'arrondit, la silhouette entière se courbe et se voûte sur le modèle du coquillage, et pour finir c'est un pitoyable tas de calcaire qu'on porte en terre. Mais cette roche à coquillage n'en reste pas là. Car la pluie tombe, ses gouttes pénètrent sous terre, l'eau ronge et fragmente ce qui reste de l'homme, et en entraîne les particules jusqu'à la couche de roche, où c'est sous la forme bien connue de coquillages de pierre qu'il trouve son dernier repos.

Si quelqu'un me reproche en l'occurrence de divaguer, ou d'affirmer sans preuves, je me contenterai de lui dire : tu ne vois pas toi-même comment tu t'ossifies d'année en année, comme tu deviens moins mobile, comme tu te dessèches de corps et d'âme ? Tu ne te rappelles plus comment, étant enfant, tu bondissais, virevoltais et te tortillais, tombant et te relevant dix fois par jour comme si de rien n'était ? Tu ne te souviens pas de ta peau tendre, de tes chairs souples et

fermes, de ton énergie vitale à la fois mal-
léable et indomptable ? À côté de cela,
regarde-toi à présent ! Cette peau toute
froncée de plis et de rides, ce visage
tailladé d'aigreur et rongé de misères, ce
corps raide et grinçant dont chaque pas
exige une décision et suscite la peur lanci-
nante de tomber et de se briser en tessons
comme une cruche de terre trop sèche !
Tu ne le sens pas ? Tu ne le perçois pas
dans chacune de tes fibres, le coquillage
en toi ? Tu ne t'aperçois pas qu'il attaque
le cœur ? Il l'a déjà enserré à demi. Men-
teur qui le nie !

Je suis moi-même le plus grand et le
plus triste exemple de l'homme qui suc-
combe aux coquillages. Quoique depuis
des années je ne boive plus que de l'eau
de pluie, pour réduire autant que possible
l'apport de substance conchylioïde, elle
m'envahit, moi précisément, plus qu'aucun homme au monde. Lorsque j'ai com-
mencé, voilà quelques jours, à rédiger
mon testament, je pouvais encore bouger
assez librement la main gauche. Entre-
temps, les doigts sont si pétrifiés que je ne
peux plus moi-même reposer ma plume.
Comme il ne saurait être question que je
dicte cet exposé, et que j'éprouverais
aussi de grandes douleurs à parler, j'en
suis réduit à écrire en déplaçant le poi-
gnet, que je pousse et je tire en bougeant
tout le bras. Cette conchylisation extraor-

dinairement rapide dont je suis tout spé-
cialement victime n'est pas un hasard.
Je me suis trop longtemps occupé des
coquillages, et je leur ai arraché de trop
nombreux secrets pour qu'ils ne veuillent
pas me réserver, plus qu'à tout autre
humain, une fin particulièrement cruelle.
Car bien que le pouvoir des coquillages
soit à jamais à l'abri du moindre danger,
il n'en est pas moins un secret qu'ils tien-
nent à préserver avec une fierté farouche
et vindicative.

Sans doute seras-tu étonné, lecteur
inconnu, de m'entendre parler des coquillages, ces objets apparemment inanimés
et semblables à la pierre, comme d'êtres
pouvant établir une relation particulière
avec un homme précis et le poursuivre de
leur vindicte. Je vais donc t'initier au
secret ultime et le plus monstrueux de la
conchyliologie, au risque de t'exposer à
finir comme moi.

Dès le tout début de mon expérience
en matière de coquillages, je m'étais
demandé pourquoi une pierre faite de
cette substance prenait précisément la
forme d'un coquillage et nulle autre. Sur
cette question décisive, les philosophes
nous laissent en plan une fois de plus.
L'Arabe Avicenne est seul à évoquer
une *vis lapidificativa*, mais pourquoi cette
force s'exerce de manière précise et s'ap-
plique aux coquillages, il est lui aussi

incapable de nous le dire. Pour ma part, en revanche, je fus bientôt convaincu qu'il y avait derrière la conchylisation universelle non point une force quelconque, mais nécessairement *la* force même qui est le moteur de l'univers et qui obéit à une seule et même volonté suprême. Mais autant j'étais convaincu de l'existence de cette volonté suprême, puisque j'avais compris que les coquillages de pierre en étaient l'émanation, autant j'avais néanmoins de difficulté à me représenter l'être qui manifestait cette volonté. Comment imaginer cet être qui nous exterminait tous un à un, qui faisait du monde un désert, et transformait ciel et terre en un océan de coquillages de pierre ?

J'ai réfléchi des années durant. Je me suis enfermé dans mon cabinet de travail et j'y ai mis mon cerveau à la torture. Je suis parti en pleine nature pour y recevoir quelque illumination. Tout cela en vain. Enfin j'avouerai que je suppliai cet être inconnu de se manifester à moi, que je l'adjurai, que je le maudis. Mais rien ne se passa. Mes pensées empruntaient toujours les mêmes chemins que depuis des années, la vie suivait le même cours mortifiant, et j'en étais déjà à penser que le pauvre Mussard n'avait plus qu'à descendre rejoindre les coquillages sans bénéficier de l'ultime vérité, tout comme le reste de l'humanité avant lui.

Mais alors se produisit cet événement unique qu'il me faut à présent décrire, encore que j'en sois incapable, car il se déroula dans une sphère qui se situait en quelque sorte au-dessus ou en dehors de la sphère des mots. Je vais donc tenter de raconter ce qui est racontable, et décrire l'irracontable par l'effet qu'il eut sur moi. Pourrai-je me faire comprendre? Cela dépend pour une bonne part de toi, mon lecteur inconnu, toi qui m'as suivi jusqu'ici. Je sais que tu me comprendras, pour peu que tu le veuilles.

C'est arrivé par une journée du début de l'été, voilà un an. Le temps était beau, le jardin était tout en fleurs. Le parfum des roses m'accompagnait dans ma promenade et les oiseaux chantaient comme pour convaincre le monde qu'il était éternel et que ce n'était pas l'un de ses derniers étés avant l'arrivée des coquillages. Il pouvait être près de midi, car le soleil était fort chaud. Je me suis assis dans la demi-ombre que donnait un pommier, afin de me reposer. J'entendais au loin le clapotis d'un jet d'eau. D'épuisement, je fermai les yeux. J'eus alors l'impression soudaine que le clapotis du jet d'eau se faisait plus bruyant, qu'il s'amplifiait en un véritable grondement. Et c'est alors que c'est arrivé. Je fus emporté hors de mon jardin et plongé dans le noir. Je ne savais où je me trouvais, je n'étais entouré

que par l'obscurité, et par d'étranges
bruits d'eaux qui coulent et s'engouffrent,
et de pierres qui crissent et qu'on broie.
Ces deux groupes de bruits — bruissement liquide et crissement minéral — me
semblèrent sur le moment être les bruits
de la création du monde, si je puis ainsi
dire. J'eus peur. Quand ma peur fut à son
comble, je sentis que je chutais, les bruits
s'éloignèrent, et puis je tombai hors de
l'obscurité. Tout d'un coup je fus entouré
de tant de lumière que je crus devenir
aveugle. Je continuais à tomber dans la
lumière et m'éloignais du lieu obscur
que je discernais à présent comme une
énorme masse noire au-dessus de moi.
Plus je tombais, mieux je distinguais cette
masse et plus elle prenait des dimensions
énormes. Pour finir, je sus que cette masse
noire au-dessus de moi était un coquillage. Alors la masse se fendit en deux,
déployant ses ailes noires comme un
oiseau gigantesque, elle ouvrit ses deux
valves au-dessus de l'univers entier et
s'abaissa sur moi, sur le monde, sur tout
ce qui est et sur la lumière, et puis se
referma. Et il fit définitivement nuit, et il
n'y eut plus rien que ce bruissement et ce
broiement.

Le jardinier me trouva étendu sur le
gravier de l'allée. J'avais tenté de me lever
de mon banc et m'étais effondré d'épuisement. On me porta dans la maison et l'on

me coucha dans le lit d'où je ne me suis plus relevé. J'étais si faible que le médecin craignit pour ma vie. C'est seulement au bout de trois semaines que je me rétablis à peu près. Mais de ce jour, je gardai dans l'estomac une douleur compacte qui n'a fait depuis que s'aggraver de jour en jour et envahir des régions de plus en plus vastes de mon corps. C'est la conchylipathie, qui se manifeste chez moi de façon exemplaire, qui me frappe de manière particulièrement cruelle et fulgurante, qui me marque comme nul autre parce que je suis l'homme qui a vu le Coquillage. Je paie cher mon illumination, mais je paie de bon gré, car je détiens désormais la réponse à la question ultime : la force qui tient toute vie sous sa coupe et détermine toute fin, la volonté suprême qui régit l'univers et l'astreint à la conchylisation, signe de son omniprésence et de sa toute-puissance, émane du grand Coquillage originel, dont j'avais pu sortir un bref moment pour contempler sa grandeur et sa terrifiante magnificence. Ce que j'avais vu, c'était une vision de la fin du monde. Quand la conchylisation aura atteint le point où chacun ne pourra que reconnaître le pouvoir du Coquillage, quand les hommes livrés au désarroi et à l'horreur imploreront à grands cris aide et salut de leurs différents dieux, en guise de réponse le grand Coquillage ouvrira ses ailes et les refermera sur le monde, broyant tout en son sein.

À présent je t'ai tout dit, mon lecteur inconnu. Que dire de plus ? Comment voudrait-on que je te réconforte ? En évoquant ton âme indestructible, la grâce de Dieu miséricordieux, la résurrection du corps, et autres balivernes des philosophes et des prophètes ? Devrais-je déclarer que le Coquillage est le Dieu de bonté ? Après le culte de Jéhova et d'Allah, devrais-je proclamer celui du Coquillage, et promettre aux hommes la rédemption ? À quoi bon ? À quoi bon mentir ? On dit que l'homme ne saurait vivre sans espoir. Eh bien, il ne vit pas : il meurt. Pour ce qui est de moi, je sens que je ne passerai pas cette nuit, et ce n'est pas lors de ma dernière nuit que je vais me mettre à mentir. Je suis soulagé de parvenir enfin au terme de ma mort. Toi, mon pauvre ami, tu es encore en plein dedans.

Post-scriptum de Claude Manet,
serviteur de Monsieur Mussard

Ce 30 août 1753, mon bon maître Monsieur Mussard est mort, à l'âge de soixante-trois ans. Je le trouvai au petit matin, assis sur son lit dans sa posture habituelle. Je ne pus lui fermer les yeux, ses paupières refusant de bouger. Lorsque je voulus lui ôter la plume de la main, l'index gauche de mon maître se brisa comme du verre. L'homme qui lui fit sa toilette eut le plus grand mal à l'habiller, car même au terme de la période habituelle de rigidité cadavérique, mon maître demeura figé dans sa position assise. Le Docteur Procope, médecin et ami de mon maître, dut se résoudre à faire confectionner un cercueil à angle droit, et c'est dans une tombe de même forme que, sous les regards horrifiés des membres du cortège funèbre, mon maître trouva au cimetière de Passy sa dernière demeure, sur laquelle on répandit cependant des milliers de roses. Que Dieu ait son âme !

AMNÉSIE LITTÉRAIRE

… Quelle était la question ? Ah oui, c'est ça : quel est le livre qui m'a impressionné, frappé, marqué, secoué, qui m'a peut-être « mis sur la voie », ou bien m'en a tout d'un coup « fait changer » ?

Mais tout ça fait penser à un choc ou à un traumatisme, et c'est le genre d'expérience que la victime n'a guère l'habitude de se remémorer, sinon dans des cauchemars, mais pas à l'état de veille, et encore moins par écrit et publiquement, comme d'ailleurs il me semble que l'a déjà fort bien indiqué un psychologue autrichien dont le nom m'échappe pour l'instant, dans un essai extrêmement intéressant dont je ne retrouve pas le titre exact, mais qui a paru dans un petit volume intitulé globalement *Moi et Toi*, ou *Ça et Nous*, ou *Moi-même*, ou quelque chose d'approchant (je ne saurais plus dire si sa récente réédition était chez Payot, chez Gallimard, aux P.U.F. ou chez Hachette, mais je sais que la couverture était verte et blanche, ou bleu clair et jaune, sinon même gris-bleu-verdâtre).

Enfin, peut-être que la question ne concerne nullement des expériences de lecture d'ordre neuro-traumatique, mais vise plutôt une découverte esthétique bouleversante, comme celle qu'exprime ce célèbre poème « Bel Apollon »... non, je crois qu'il ne s'appelle pas « Bel Apollon », il s'appelle autrement, son titre a un côté archaïque, « Jeune torse », ou « Bel Apollon antique » ou quelque chose comme ça, mais ce n'est pas le problème... bref, comme l'exprime ce célèbre poème de... de... le nom ne me revient pas pour l'instant, mais c'est vraiment un poète très célèbre, avec des yeux de vache et une moustache, et c'est lui qui avait procuré à ce gros sculpteur français (il s'appelait comment, déjà ?) un logement rue de Varenne, logement n'est pas le mot, c'est un hôtel particulier, avec un parc dont en dix minutes on ne voit pas le bout... (on se demande entre parenthèses, comment faisaient les gens, à l'époque, pour payer tout ça)... bref, comme l'exprime ce magnifique poème que je ne serais plus capable de citer en entier, mais dont en revanche le dernier vers est un impératif moral immuable, et qui s'est à tout jamais gravé dans ma mémoire, à savoir : « Tu dois changer ta vie ».

Qu'en est-il donc de ces livres dont je pourrais dire que leur lecture aurait changé ma vie ?

Afin de tirer ce problème au clair, me voilà qui m'approche (c'était il y a quelque jours à peine) des rayons de ma bibliothèque, et je laisse mon regard parcourir tous ces titres, au dos des livres. Comme toujours en pareilles circonstances — à savoir lorsque, sur peu d'espace, sont rassemblés beaucoup trop de représentants d'une même espèce, et que l'œil se perd dans la masse —, je commence par être pris de vertige et, pour y échapper, je pioche au petit bonheur dans le tas et j'en tire un mince volume, je m'écarte avec mon butin, j'ouvre, je feuillette, et je me laisse prendre par ma lecture.

Je m'aperçois bientôt que j'ai eu la main heureuse, et même très heureuse. C'est là un texte dont la prose est ciselée et l'argumentation limpide, il est émaillé des informations les plus intéressantes et les plus neuves, et il regorge de merveilleuses surprises... Malheureusement, au moment où j'écris ces lignes, je ne retrouve plus le titre du livre, pas plus que le nom de l'auteur ou que le contenu de l'ouvrage, mais, comme on va le voir tout de suite, ça ne change rien à l'affaire, ou plutôt, au contraire, cela contribue à la tirer au clair. C'est, je l'ai dit, un excellent livre que j'ai là entre les mains, chaque phrase est un enrichissement, et tout en lisant je gagne mon fauteuil sans lever les yeux, je m'y assois sans cesser de lire, et tout en lisant j'oublie pourquoi je me suis mis à lire, je suis tout entier au désir intense qu'éveillent les trésors savoureux et insoupçonnés que je découvre là page après page. Je tombe çà et là sur des passages soulignés dans le texte ou sur des points d'exclamation griffonnés dans la marge : je n'apprécie guère d'habitude ces traces d'un précédent lecteur, mais en l'occurrence elles ne me dérangent pas, car le déroulement du récit est à ce point captivant, sa prose s'égrène si allégrement que je ne vois même plus ces annotations au crayon, ou que, quand tout de même je les remarque, ce n'est que pour les approuver, car il se révèle que ce lecteur qui m'a précédé — je n'ai pas la moindre idée de qui cela peut être —, il se révèle, dis-je, que cette personne a souligné ou pointé précisément les passages qui, moi aussi, m'enthousiasment le plus. Ainsi, c'est dans une double euphorie, causée par l'exceptionnelle qualité du texte et par ce compagnonnage spirituel avec mon prédécesseur inconnu, que je poursuis ma lecture, m'enfonçant toujours plus avant dans cet univers poétique, et suivant avec un étonnement sans

cesse croissant les sentiers magnifiques
où m'entraîne l'auteur...

Jusqu'à ce que j'arrive à un passage
qui doit constituer le sommet du récit
et qui m'arrache un cri d'admiration :
« Ah, que c'est bien pensé ! Que c'est bien
dit ! » Et je ferme un moment les yeux
pour méditer ce que je viens de lire, et
qui a pour ainsi dire tracé une avenue
dans le désordre de ma conscience,
m'ouvrant des perspectives entièrement
neuves, faisant affluer en moi des découvertes et des associations nouvelles, et
me piquant effectivement de cet aiguillon
qui dit : « Tu dois changer ta vie ! » Et
ma main se tend presque machinalement
vers un crayon et je songe : « Tu dois sou-
ligner ça », et je me dis : « Tu vas mettre
en marge un *très bien !*, avec un gros point
d'exclamation derrière, et tu vas noter
quelques mots clés, pour fixer le flot
d'idées que ce passage a fait naître en toi,
à titre d'aide-mémoire et en hommage
à cet auteur qui t'a si magnifiquement
éclairé ! »

Mais hélas ! lorsque je pose la pointe de
mon crayon sur la page pour y griffonner
mon *très bien*, il y a déjà là un *très bien*, et
le résumé en style télégraphique que je
m'apprêtais à noter, mon prédécesseur l'a
déjà inscrit, et il l'a fait d'une écriture qui
m'est très familière, pour la bonne raison
que c'est la mienne, car ce lecteur précé-

dent n'était autre que moi. Ce livre, il y a longtemps que je l'avais lu.

Je suis alors saisi d'une détresse sans nom. La vieille maladie me reprend : *amnesia in letteris*, la perte totale de tout souvenir de lecture. Et une vague de découragement me submerge, devant la vanité de tout effort de connaissance, de tout effort quel qu'il soit. À quoi bon lire, à quoi bon par exemple relire ce livre, quand je sais bien qu'au bout de très peu de temps il ne m'en restera pas même l'ombre d'un souvenir ? À quoi bon faire encore quoi que ce soit, si tout s'effrite et retourne au néant ? À quoi bon vivre, si de toute manière on meurt ? Et je referme d'un coup sec le joli petit livre, je me lève et, comme un qu'on a battu, qu'on a rossé, je me traîne jusqu'à l'étagère et j'enfonce le livre à sa place dans la rangée des autres volumes qui s'y alignent, masse anonyme et oubliée.

L'extrémité du rayon retient mon regard. C'est quoi ? Ah, oui. Trois bibliographies d'Alexandre le Grand. Je les ai lues toutes les trois jadis. Qu'est-ce que je sais, sur Alexandre le Grand ? Rien. Au bout du rayon suivant, il y a plusieurs gros volumes sur la guerre de Trente Ans, dont les cinq cents pages de Veronica Wedgewood et les mille pages du *Wallenstein* de Golo Mann. J'ai lu tout ça consciencieusement. Qu'est-ce que je sais de la guerre de

Trente Ans? Rien. L'étagère d'en dessous
est pleine à craquer de livres sur Louis II
de Bavière et sur son époque. Non seulement je les ai lus, mais je les ai travaillés,
pendant plus d'un an, et après j'ai écrit
trois scénarios sur le sujet, j'étais presque
une sorte de spécialiste de Louis II. Et
aujourd'hui, qu'est-ce que je sais encore
sur Louis II et son époque? Rien. Absolu-
ment rien. Bon, me dis-je, pour Louis II,
on peut peut-être encore se consoler de
cette amnésie totale. Mais qu'en est-il des
livres qui se trouvent là-bas, près de la
table, dans le coin chic, celui de la littérature? Que m'est-il resté en mémoire des
quinze volumes d'Alfred Andersch, dans
leur boîtier? Rien. Et des Böll, des Wal-
ser, des Köppen? Rien. Des dix volumes
de Handke? Moins que rien. Que me
reste-t-il de *Tristram Shandy*, des *Confessions* de Rousseau, de la *Promenade jusqu'à Syracuse*? Rien, rien, rien. Ah, mais
là! Les comédies de Shakespeare! Lues
intégralement, pas plus tard que l'an dernier. Il doit bien en être resté quelque
chose, une vague idée, un titre, un seul
titre d'une comédie de Shakespeare!
Rien... Mais, nom d'un chien, au moins
Goethe! Goethe, là-haut, sur le dernier
rayon, quarante-cinq volumes de Goethe,
tiens, là par exemple, ce petit volume
blanc, *Les Affinités électives*, que j'ai lu au
moins trois fois... et dont je n'ai plus la

moindre idée. Tout a disparu comme si on avait soufflé dessus. Mais enfin, il n'y a donc plus un seul livre au monde dont je me souvienne ? Les deux volumes rouges, là-bas, épais, avec leurs signets en ruban rouge, je dois bien encore les connaître, ils me paraissent familiers comme de vieux meubles, j'ai lu ces volumes, des semaines durant j'ai vécu dedans, il n'y a pas tellement longtemps, qu'est-ce que c'est donc, comment ça s'appelle ? *Les Possédés*. Tiens donc. Ah, ah. Intéressant… Et l'auteur ? F.M. Dostoïevski. Hum. Ouais. Il me semble que je me rappelle vaguement ; tout ça se passe, je crois, au XIXe siècle et, dans le second volume, il y a quelqu'un qui se tue d'un coup de pistolet. Je serais bien incapable d'en dire davantage.

Je reviens m'effondrer sur le fauteuil de mon bureau. C'est une honte, c'est un scandale. Cela fait trente ans que je sais lire, je n'ai peut-être pas lu beaucoup, mais j'ai tout de même lu un certain nombre de choses, et tout ce qui m'en reste, c'est le souvenir très approximatif qu'au deuxième volume d'un roman de mille pages, il y a quelqu'un qui se tue d'un coup de pistolet. Trente ans que je lis pour rien ! Des milliers d'heures, de mon enfance, de ma jeunesse et de mon âge adulte, passées à lire et à n'en retenir rien qu'un immense oubli. Et ne croyez pas que le mal s'atténue, au contraire, il empire. Quand je lis un livre, aujourd'hui, j'en oublie le début avant d'être arrivé à la fin. Parfois, ma mémoire n'est même plus de taille à retenir la lecture d'une seule page. Et je suis là en train de dégringoler, comme si je me tenais par les mains, d'un alinéa au suivant, d'une phrase à l'autre, et bientôt j'en serai au point de ne plus pouvoir retenir que des mots isolés, jaillissant dans les ténèbres d'un texte à chaque fois inconnu, et jetant la brève lueur d'étoiles filantes le temps que je les lise, pour aussitôt sombrer de nouveau dans les flots noirs du fleuve Léthé et dans l'oubli total. Dans les conversations littéraires, il y a belle lurette que je ne peux plus ouvrir la bouche sans me déconsidérer affreusement, confondant Mörike et Hofmannsthal, Rilke et Hölderlin, Beckett et Joyce, Italo Calvino et Italo Svevo, Baudelaire et Chopin, George Sand et Madame de Staël, etc. Lorsque je cherche une citation que j'ai vaguement en tête, je passe des jours à compulser et à feuilleter, parce que j'ai oublié l'auteur et parce qu'en feuilletant je me perds dans les textes inconnus d'écrivains dont je n'ai pas la moindre idée, jusqu'à ce que, pour finir, j'aie oublié ce que je cherchais au départ. Comment, ayant l'esprit dans un tel chaos, pourrais-je me permettre de répondre à cette question et dire quel

livre précis aurait changé ma vie?
Aucun? Tous? N'importe lesquels?... Je
ne le sais pas.

Mais peut-être — me dis-je pour me
consoler — que dans la lecture (comme
dans la vie) les bifurcations et les change-
ments brusques n'ont pas tellement d'im-
portance. Peut-être que la lecture est
plutôt un acte d'imprégnation, au cours
duquel la conscience absorbe tout à fond,
mais par une osmose si imperceptible
qu'elle n'est pas consciente du processus.
Ainsi, le lecteur atteint d'amnésie littéraire serait tout à fait changé par la lecture, mais ne s'en rendrait pas compte,
parce que celle-ci changerait en même
temps les instances critiques de son cerveau qui seraient capables de lui *dire* qu'il
change. Et pour quelqu'un qui lui-même
écrit, il se pourrait que cette maladie soit
même une bénédiction, voire presque une
condition nécessaire, tant il est vrai
qu'elle le mettrait à l'abri du respect para-
lysant qu'inspire toute grande œuvre littéraire, et lui ôterait tout complexe vis-à-vis
du plagiat, sans lequel rien d'original ne
saurait voir le jour.

Je n'ignore pas qu'il s'agit là d'une
consolation suspecte et indigne, d'un pis-
aller, et je tente de n'y pas recourir: tu n'as
pas le droit de te laisser aller à cette
effroyable amnésie, me dis-je, tu dois lut-
ter de toutes tes forces contre le courant

de ce fleuve de l'oubli, tu ne dois plus t'engloutir la tête la première dans un texte, tu dois au contraire prendre du recul et de la hauteur, avec une conscience critique et lucide, tu dois prendre des notes, faire des fiches, exercer méthodiquement ta mémoire, en un mot, tu dois — et je cite là un célèbre poème dont l'auteur et le titre m'échappent en ce moment, mais dont le dernier vers est un impératif moral immuable, et qui s'est à tout jamais gravé dans ma mémoire : « Tu dois », dit ce vers, « Tu dois... tu dois... »

C'est trop bête ! Voilà que j'ai oublié la formulation exacte. Mais ça ne fait rien, car j'en ai le sens encore tout à fait présent à l'esprit. C'était quelque chose comme : « Tu dois changer ta vie ! »

Le célèbre sonnet qui se termine ainsi fut inspiré à Rilke par un kouros du Louvre et inaugure la seconde partie de ses *Poésies nouvelles* (1908) ; il a pour titre « Torse archaïque d'Apollon ». — *La Promenade jusqu'à Syracuse en l'an 1802* de Johann Gottfried Seume, presque inconnue en France, est l'un des plus beaux récits de voyage de la littérature allemande (*N.d.T.*)

NOTE DE L'ÉDITEUR

« L'exigence de profondeur » est parue initialement dans *Le Nouvel Observateur* du 21 août 1987 ; « Un combat », dans *City* de juillet 1986 ; « Amnésie littéraire », dans le *Journal littéraire* de décembre 1987, sous le titre « Amnesie in litteris ».

Table

DU MÊME AUTEUR :

LE PARFUM *(Das Parfum)*, roman traduit par Bernard Lortholary, Fayard, 1986.

LE PIGEON *(Die Taube)*, récit traduit par Bernard Lortholary, Fayard, 1987.

LA CONTREBASSE *(Der Kontrabass)*, texte français de Bernard Lortholary, Fayard, 1989.

L'HISTOIRE DE MONSIEUR SOMMER *(Die Geschichte von Herrn Sommer)*, récit illustré par Sempé, traduit par Bernard Lortholary, Gallimard, 1991.

Composition réalisée par INTERLIGNE

IMPRIMÉ EN FRANCE PAR BRODARD ET TAUPIN
Usine de La Flèche (Sarthe).
LIBRAIRIE GÉNÉRALE FRANÇAISE - 43, quai de Grenelle - 75015 Paris.
ISBN : 2-253-14192-5